歌集　日本の中でたのしく暮らす

永井祐

1

なついた猫にやるものがない　垂直の日射しがまぶたに当たって熱い

「人生は苦しい」（たけし）「人生はなんと美しい」（故モーツァルト）

ミケネコがわたしに向けてファイティングポーズを取った殺しちまうか

白壁にたばこの灰で字を書こう思いつかないこすりつけよう

あの青い電車にもしもぶつかればはね飛ばされたりするんだろうな

蛍光の下敷きのうえ手を乗せて笑って言うよ「どっか行こう」と

思い出を持たないうさぎにかけてやるトマトジュースをしぶきを立てて

あ　4時の28分　思うとき一つ傾きもうそうじゃない

嫌になりつけるラジオのＦＭのＤＪのこえ落ち着いていた

寒い日に雨に当たればなお寒い冷たい石に座ればもっと

窓の外のもみじ無視してＡＶをみながら思う死の後のこと

「台風がもうすぐくるよ」コーヒーに注ぐミルクの口開けながら

終電を降りてきれいな思い出を抜けて気付けばああ積もりそう

太陽がつくる自分の影と二人本当に飲むいちご牛乳

ゆるいゆるい家路の坂の頂上でふと地球上すべてが見える

2

ここにある心どおりに直接に文章書こう「死にたい」とかも

新しく宗教やろう爆風で屋根が外れた体育館から

大雨が大きな谷に降る後の汚い水が蒸発してく

谷間《たにあい》のこの公園に黒猫とゴキブリがいる照らされながら

起きたときから雨が降る日のテーブルでバラは枯れたから下を向いてる

目を閉じたときより暗い暗闇で　後頭部が濡れてるような感じ

狛犬の下に座ろう信長の気持ちがわかる女の人と

スキー板持ってる人も酔って目を閉じてる人も月夜の電車

次の駅で降りて便所で自慰しよう清らかな僕の心のために

目覚めると満月のすごい夜だった頬によだれがべったりあって

まぶしいから電気が見たいチカチカが激しい中で何か言いたい

腹減って筋肉痛で向かい合う夜の桜に目がくらむこと

地下鉄と話をしよう風呂上がりもう真っ暗な街に出かけて

体育館の前で弁当広げてる　もしもし、もしもし、こっちは夜だ

冒険

ジーンズにシャツでプラットホームから駐車場見ている夏の夜

パチンコ屋の上にある月　とおくとおく　とおくとおくとおくとおく海鳴り

何してもムダな気がして机には五千円札とバナナの皮

台風がさらった後の駅前の通りを頭ぶつけてゆこう

昨夜みた映画の中に外人が罪悪感にふるえるシーン

女もののジーンズのまま階段に座ってるとき出てた半月

寝返って頭を打って目覚めるとここは熱帯夜の終電だ

あたたかい風の銀座の真ん中でコイン投げれば跳ね返る月

食事の手とめてメールを打っている九月の光しずかなときを

外国の映画の中のカップルがよくわからない言葉をしゃべる

寝て聴けばビーチボーイズうつくしいならば誰とも結婚しない

バスタブに座って九九を覚えてる　遠くにデルタブルースきこえる

明け方の布団の中で息を吐く部屋の空気がわずかに動く

終電のホームにあった水飲み場　足のぴりぴり星のぴりぴり

一番好きな人たちとだけ持っているレンタルビデオの静かな夜を

アルバイト仲間とエスカレーターをのぼる三人とも一人っ子

寒空の吹けないはずの口笛の　ＡＶ男優と女優の結婚

昼過ぎの居間に一人で座ってて持つと意外に軽かったみかん

半そでのシャツの上からコート着てすきとおる冬の歩道を歩く

歩道橋で受ける着信、０６６６６６６６０

ラジカセがここにあるけどこわれてるそして十二月が終わりそう

腹に手を当てるＵＦＯキャッチャーが少しも楽しくない夕まぐれ

五円玉　夜中のゲームセンターで春はとっても遠いとおもう

太陽に照りつけられた海を思う、真夜中ツタヤへの道のりに

東京に春の大雪　ＢＢＳで出会う４人はバンドをつくる

山手線とめる春雷　３０才になれなかった者たちへスマイル

胸の小さな女の折った折り紙に英語でできた詩を書いてやる

春雨は窓を打ちつつこの本に何かがきっと書かれるだろう

雨音かシャワーの音かわからない２００２年のある朝起きて

アイデア

月のない明るい夜に道ばたで、麻雀パイを、手渡される

はじめて1コ笑いを取った、アルバイトはじめてちょうど一月目の日

僕に来たメールに僕は返信をその文体をまねして書いた

映画館の座席の肘を握りしめ散る満開の桜を思う

秋風が吹きつけているマンションに黒いギターとポットは静か

留年の一年間を窓際の机で星をながめて暮らす

十二月　ライブハウスで天井を見上げたら剥き出しの配線

ビルとビルとビルの間に月がある　向こう側への出口のように

なまけもの　僕は毎晩散歩して道に落ちてるお金をひろう

電車の音で電話の声が聞こえない　鉄橋の下、マンガをつかむ

六月の電車のドアに寄りかかりながら女は夢を話した

雨上がりの雲がまぶしい真昼間の五反田駅で誰かが叫ぶ

アイデアはただ一度だけ落ちてくる孤独な学級委員の胸に

一月の光の中の噴水に座っておにぎりを二つ食う

1万円

1千万円あったらみんな友達にくばるその僕のぼろぼろのカーディガン

校門の前の通りの自販機の灯りに白く桜がうつる

テレビにうつる人を友達だとおもう　厚着して丸っこくなっている

ローソンの前に女の子がすわる　女の子が手に持っているもの

みうらじゅんを新刊台にならべれば8月は破裂したまま秋へ

どう　たのしい　ＯＬは　伊藤園の自販機にスパイラル状の夜

風が、くるくると回るバス停のポールに映画みたいな人生

吊り革につかまりながら小説を読む主人公に好感をもつ

夕焼けがさっき終わって濃い青に染まるドラッグストアや神社

開けているのがつらいので目をつむりそのまま歩く５０メートル

ストレッチしてからねむる　制服のカップルが信号待ちの秋

リクナビをマンガ喫茶で見ていたらさらさらと降り出す夜の雨

だるい散歩の途中であったギャルたちにとても似合っている秋だった

オフィスビルの前の広場で会話をし芸能人とか知らないと言う

あ、あ、あ、と小さく声を出してたらブリックパックに当たった夕日

コピー機にもたれかかればぼんやりとする目の中に人々がいる

休日の平日の山手線で池袋まで真夏の昼寝

街の地図　自販機の下にねむる猫・駅前のドラッグストア

外なのに携帯がつながりにくい　べたべたと顔にはりつく雨だ

大みそかの渋谷のデニーズの席でずっとさわっている1万円

日本の中でたのしく暮らす

日本の中でたのしく暮らす　道ばたでぐちゃぐちゃの雪に手をさし入れる
テレビみながらメールするメールするぼくをつつんでいる品川区

パーマでもかけないとやってらんないよみたいのもありますよ　1円

たよりになんかならないけれど君のためのお菓子を紙袋のままわたす

あと五十年は生きてくぼくのため赤で横断歩道をわたる

タクシーが止まるのをみる（１２３　４）動き出すタクシーをみる

心が大きく小さく動く毎日の草むらでぴぴぴぴと音がする

２月５日の夜のコンビニ　暴力を含めてバランスを取る世界

飲み会がはけて駅まで歩いてゆく大きな砂場をゆくようにゆく

くちばしを開けてチョコボールを食べる　机をすべってゆく日のひかり

ベートーベンのＣＤ２枚ポケットに入れてくらくらうちまで帰る

朝からずっと夜だったような一日のおわりにテレビでみる隅田川

かぜとともにさりぬはどこにありますか　わたしの足音がひびく床

ゆるくスウィングしながら犬がこっちくる　かみつかないでほしいと思う

スライスチーズのビニール風に吹かれてる　エアコンからの風に吹かれる

やせた中年女性が電車で読んでいるＡ５判の漫画のカバーなし

カップルが袖をまくって手をつなぐ　きっとしっかりつなぐためだろう

ベルトに顔をつけたままエスカレーターをのぼってゆく女の子　またね

日曜の夕方吉祥寺でおりてそこにいるたくさんの若い人たち

電車にバッグを投げつけて怒鳴り散らす女性　ぼくのいる位置　女性のいる位置

頭の位置をととのえてから目をつむる　夜の中で日焼けしていくような

じゃあまたしあさってを付け足して送信し寝返りの範囲外へと投げる

二十五歳になって体がやせてくる夜中に取り出すたばこといちご

カップルが映画の前売券をえらぶガラスケースを抜けてく西陽

東京の神社を一つずつ制覇しながら君と仲よくなりたい

元気でねと本気で言ったらその言葉が届いた感じに笑ってくれた

終電で関西弁にかこまれてどきどきしながら三月おわり

マンションのひさしで雨をよけながらメールを書いている男の子

それは誰かが照らした桜　何回も死んだあと2人で見上げたい

早朝の喫煙室で二百連発の花火をあたまに描く

２００７年　一月―七月

友達の交通事故で一年がはじまった夢のような一年

自販機のボタン押すホットミルクティーが落ちるまで目をつむってすごす

人のためにいのちをかける準備するぼくはスイカにお金を入れて

まあまあと言い合いながら映画館を出てからしばらくして桜ある

春の星　ふとんの下に本があると思った　ま　ま　日曜日

〈カップルたちがバランスを取る〉のをぼくはポケットに手を入れて見ていた

ピンクの上に白でコアラが　みちびかれるように鞄にバッジをつける

何かこわれる空気の中を歩いたらあちらこちらの五月の光

わたしは別におしゃれではなく写メールで地元を撮ったりして暮らしてる

交通事故にあって無傷の友達と食事する夜の空がさごそと

八月

わたしはやはり富士山にのぼらない方がいい気がするし花火であそぶ

缶コーヒーと文庫をもって立っている足元に吹いてくる夏の風

台風のはずだが音は聞こえずに机の上にツナ巻きがある

おしっこのしみみたいな影をひきながら道のなかばに座りこむ猫

職場での会話の中に江戸川のほとりの五十人のバーベキュー

三十代くらいのやさしそうな男性がぼくの守護霊とおしえてもらう

君と特にしゃべらず歩くそのあたりの草をむしってわたしたくなる

メリーゴーランドのひかりブレていく　あれに乗ろうと言い立ち上がる

内側と外側を行ったり来たりしながら帰る駅前の道を家まで

サクサクとポッキーを食べながらみる映画の中の信号無視

九月

冷やし中華はけっきょく一度だけ食べて長い髪して夏をすごした

テレビの死んでゆくイノシシに気を取られ汗だくになっている風呂上がり

２００円でおいしいものを手に入れろ　残暑のゆれるところをすすむ

缶コーヒーのポイントシールを携帯に貼りながら君がしゃべり続ける

彼はいま漢和辞典を引いている　メールをもらったので知っている

ボールペン出して金髪のばあさんがぼくの手帳に丸を描くこと

掃除をすっかりしたら気分が晴れている排水口はぼくと通じる

鼻をすすってライターつけるおいしいなタバコってと思って上を向く

となりに座った女性が赤いセルシート出して勉強してる夕暮れ

３０分待つハメになる　着メロはバスの発車の音にまぎれた

十月

やさしい人やかわいい人と生きていく　家に着いたらニュースが見たい

運動会の日のような朝　３Ｆのマックで食事を取る女の子

ボルヴィックフルーツキスを駅で買い翌日の昼ごろ飲み終える

たくさんに気は散りながら教会のある坂道をどこまでもゆく

『とてつもない日本』を図書カードで買ってビニール袋とかいりません

本屋さんを雨がさらってその前の道にたばこの箱が落ちてる

明るいなかに立っている男性女性　こっちの電車のがすこしはやい

交差点にお昼の日ざし　もらっとけばよかった割引券思い出す

水のりの匂いのようなものがする秋をスーツの人しかいない

今日は寒かったまったたく秋でした　メールしようとおもってやめる　する

十一月（ラスト）

ドラッグストア横切るときに一枚の葉っぱが落ちてきて胸につく

返せないわたしにきっと図書館は向いてない　冬の机のうちわ

ポッキーの側面にある「平井堅」があけたら「平井」と「堅」にわかれた

暮れも押しせまったある日横浜へ凝ったバーガー食べにいきたい

開いているカバンの中にカウボーイのタバコの箱と財布が見える

電車の外の夕方を見て家に着くなんておいしい冬の大根

ドラえもんには興味がなくてキテレツはまあまあだった君と酒飲む

上半身はだかではだかのＣＤの山からはだかの一枚を取る

帰りの電車二駅分をおしゃべりし次の日ふたりとも風邪を引く

マイブームの小さな波がぼくのなか寄せては返すゆっくり歩く

ぼくの人生はおもしろい

店先にホウ酸団子がうず高く積まれています　夏が来ました

噴水の音がうるさくなってくる　話していると夕方になる

会わなくても元気だったらいいけどな　水たまり雨粒でいそがしい

ちょうどよく重たいものが乗っている　そういう気分で毎晩ねむる

ゴミ袋から肉がはみ出ているけれどぼくの望みは駅に着くこと

一年はまだ六月の一日でパスタのあとにパイの実を食う

この文面で前にもメールしたことがあるけどいいや　君まで届け

灰色のズボンがほしい安すぎず高すぎもせず細身のズボン

グーグルの検索欄にてんさいと書いて消すうんこと書いて消す

あの人と仲良くなってこの人と仲良くならない　頭つかれた

落としてもいい音するから楽器だよ　電車で楽器を落としてひろう

２６歳までもんじゃ焼たべたことないなんてなら行こう月島

日曜日は朝から雨だ傘さしてデパートに行きクッキーを見る

櫓から落ちて死ぬなんて変な映画だったと寝る時ふたたび思う

コーヒーショップの２階はひろく真っ暗な窓の向こうに駅の光

おじさんは西友よりずっと小さくて裏口に自転車をとめている

新日曜美術館　美の巨人たち　とりためたビデオを貸してくれる

月を見つけて月いいよねと君が言う　ぼくはこっちだからじゃあまたね

ふつうよりおいしかったしおしゃべりも上手くいったしコンクリを撮る

アスファルトの感じがよくて撮ってみる　もう一度　つま先を入れてみる

空気中の微生物を食べてるような今夜の散歩　ずっとつづけ

喫煙室でラジオのように聞き流す女の子と男の子の会話

五年たったらきっとなくなってますよね　喫煙室の会話もりあがる

片腕のない外国人が夕暮れに2階のキンコーズを見上げてる

昨日と今日の睡眠時間を足してみる足してみながらそば屋へ向かう

文庫本にカバーをつけて持ち歩く　緑の先に都庁が見える

カレンダーの3月の中の28　一人で花見ではつまらない

電車の外はにぎやかな春　今日はでも新宿に寄るのはやめとこう

ぼくの人生はおもしろい　18時半から1時間のお花見

とおくから見ると桜は光ってる　着信がある　にぎやかな春

喫茶店まだやっている　木金土　明日あさって　まだだいじょうぶ

去年の花見のこと覚えてるスニーカーの土の踏み心地を覚えてる

古本に便箋がはさまっていた　一応読んで　買うのはやめる

今年の誕生日は同僚がネクタイをくれてそれして働いてます

大風で電車が止まる平日の昼だつめたい紅茶のみたい

買ったばかりのズボンを入れた紙袋　日曜日の日ざしであったまる

友達に映画をおごるおごられる　道に小さく竜巻がある

二年ぶりの徹夜の夜は雪だった　メールのたくさん来る夜だった

雪だるま風に吹かれた粉雪が通りがかりのスーツについた

君に会いたい君に会いたい　雪の道　聖書はいくらぐらいだろうか

雪がふる　ＤＶＤで一日中英語を勉強してもうねむい

公園にあるログハウス風トイレにぼくをつれてきてくれてありがとう

雲が寒くてつめたいゆれるうごかない　駐車場で見つける鳥居の絵

あと一つあれをやらなきゃ今日は寝られないから顔に力を入れる

寒いと嫌なことの嫌さが倍になる気がする動物の番組を見る

駅ビルの連絡通路　ガラガラと鍵盤が鳴るように風くる

人々を初詣に行かせる力　テレビの向こうにうずまいている

タクシーはけっこう安い　ふわふわと千葉・東京の間の夜だ

テレビの台にティッシュを2枚しいた上にお餅をのせてみかんをのせる

お弁当屋さんのクリスマスセール　携帯で時間をたしかめた

風と光と二十の私と　古本で買ってつめたい道を帰ろう

ＣＤが回ると音楽が鳴って去年のメールをさがすわたしは

ホットコーヒー

さて義務をはたさなきゃコーヒーを買いさて義務をはたさなきゃコーヒーを飲んだら

そばをゆでて食べた話を人にする　七分袖着てあるく八月

ベートーベン後期弦楽四重奏　ぴちぴちのビニールに透けている

歩いていくとだんだん月はマンションの裏側へもう見えなくなった

湾岸を美術館へと向かうバス　おばさんおじさん頭が光る

生まれてはじめて野暮用と言う　金沢に野暮用があっていってきました

となりの人が奥歯の方でかんでいるガムのぶどうの匂いでねむい

ある駅の　あるブックオフ　あの前を　しゃべりながら誰かと歩きたい

次はあの日付をたのしみに生きる　そのほかの日の空気の匂い

銀色の灰皿のふちをなめらかに日ざしがとおる　丸い灰皿

ああいうボートは沈まないかと不安です　三年ぶりの上野公園

かっこつけたい年頃の弟がいる生活はどんなだろうか

信号で紫色の空を見て心はもとのかたちにもどる

あなたはぼくの寝てる間に玄関のチャイムを鳴らし帰っていった

カラオケでわたしはしゃべらなくなってつやつやと照るホットコーヒー

エスカレーターのぼってゆくと冷えてくる上の階ほど寒い気がする

頭の中で自分を歩かせていって机の上の辞書に当たった

公園の夜のトイレはきれいだな　歩きつつコンタクトかゆくなる

イ・ビョンホンきもちわるいと友達は言っていて冬のディズニーシー

ＣＤは貸してメアドはきいてない　千葉と東京天気がちがう

やせがまんと言ってしまってやせがまんできてないけど友達である

ぼんやりとしていて5分むだにした　右左から光が入る

□

二階から見下ろすと通りの人はちょうどこっちを向いて気がつく

君といて色んなテレビが面白い　ゆっくり坂を上から下へ

春だから人と話して浮ついた気持ちの隙間に風邪が入り込む

もう一個あるからそれは持っててもいいよと言うと持っていました

会員の期限が切れてＤＶＤみなくなり壁のお面をみてる

振り向いて　雑貨屋の店員さんのほっぺたが笑顔で持ち上がる

歩くことで視界が揺れる　なんとなく手に取ってみたニューズウィーク

エスカレーター落ちてる影が色々に形を変えるみじかい時間

駅に向かって公園を突っ切りながら君とさっきの話の話

１０万通を越える迷惑メールきて僕のＰＣポンコツになる

月曜日電車を待って立っている雨が体を吸い取っていく

夕方の都民銀行緑色　ハの付くものをおみやげにする

夏

いるんだろうけど家に入って来ないから五月は終わり蚊を見ていない

*

夏になりかけの今夜は窓を開けインスタントの焼きそば食べる

iPod手に持ちながら散歩するテニスコートを過ぎて樹の匂い

高いところ・広いところで歩いてる僕の体は後者を選ぶ

建物がある方ない方　動いてる僕の頭が前者を選ぶ

整然と建物のある広いところ　僕全体がそっちを選ぶ

＊

蒸し暑さがガラスを越えてマンションのロビーまで来ている今日の朝

青と黒切れた三色ボールペン　スーツのポケットに入ってる

本当に最悪なのは何だろう　君がわたしをあだ名で呼んだ

今が過去になる時間とはいつのこと　ご飯食べよう電話で誘う

ささってるＵＳＢに白い字でＢＵＦＦＡＬＯ疲れてるバッファロー

シャンプーの名前を言って笑われる笑った人は五階で降りた

寝る前に思い出すから教えてよ　君の隣りでだらしなくする

夏と夜と絡まりながらうねうねと駐輪場の横を通ろう

看板の下でつつじが咲いている　つつじはわたしが知っている花

網戸から入る空気が植物に当たるビニールがへこんでる

日本の中でたのしく暮らす　＊　目次

■ PROFILE

永井祐　（ながい・ゆう）

1981年、東京都生まれ。
18歳ぐらいのころ短歌を作りはじめる。
サークル「早稲田短歌会」に入会。
水原紫苑の短歌実作の授業に参加。
2002年、北溟短歌賞次席。
2004年、歌葉新人賞最終候補。
ガルマン歌会などを中心に活動。
2007年、「セクシャル・イーティング」に参加。
2008年、「風通し」に参加。
2012年、『日本の中でたのしく暮らす』（BookPark）刊行。

本書は2012年5月、SS-PROJECT 歌葉としてオンデマンド出版のBookParkより刊行されたものとタイトル、内容は同じです。

歌集　日本《にほん》の中《なか》でたのしく暮《く》らす

二〇二〇年二月二十二日　第一刷印刷発行
二〇二一年九月二十日　第二刷印刷発行

著者　永井《ながい》　祐《ゆう》
発行者　國兼秀二
発行所　短歌研究社
〒一一二－〇〇一三
東京都文京区音羽一－一七－一四　音羽YKビル
電話　〇三－三九四四－四八二二・四八三三
振替　〇〇一九〇－九－二四三七五

印刷・製本　大日本印刷株式会社

ISBN 978-4-86272-639-1 C0092